衛斯理系列 少年版 32

地心洪爐

上

作者：衛斯理
文字整理：耿啟文
繪畫：鄺志德

衛斯理
親自演繹衛斯理

老少咸宜的新作

寫了幾十年的小説，從來沒想過讀者的年齡層，直到出版社提出可以有少年版，才猛然省起，讀者年齡不同，對文字的理解和接受能力，也有所不同，確然可以將少年作特定對象而寫作。然本人年邁力衰，且不是所長，就由出版社籌劃。經蘇惠良老總精心處理，少年版面世。讀畢，大是嘆服，豈止少年，直頭老少咸宜，舊文新生，妙不可言，樂為之序。

倪匡　2018.10.11　香港

目
錄

主要登場角色

張堅

傑弗生

衛斯理

羅勃強脫

藤清泉博士

第一章

我的朋友張堅是一位著名的南極探險家，在兩極探險界中享負盛名，地位極高。

一個十分炎熱的夏天，他突然來到我的家中。

酒逢知己千杯少，我們把酒聊天，到了將近黃昏的時候，只見張堅握着酒杯，轉動着，忽然嘆了一口氣。

他是一個堅毅不撓的人，嘆氣不是他的所為，如果他也嘆氣的話，那一定是有着什麼極其為難的事了。

我立時又想到，這時候他理應在南極中工作，何以會突然來到這裏？我便問他：「你的假期提早開始了麼？」

張堅憤然道：「沒有，我是被強迫休假的！」

「是哪個渾蛋的決定？」我半開玩笑地問。

他苦笑道：「是探險隊裏的幾個醫生，包括史沙爾爵士在內。」

我立時呆了一呆，「醫生？你很強壯啊，莫非那著名的內科專家發現你的身體有什麼不對勁？」

張堅工作的探險隊，是一個真正的「國際團隊」，不同國籍的人都有，隨隊的幾個醫生，都是世上最有名的**專家**，史沙爾爵士便是其中的負責人，而張堅則是這個探險隊的副隊長。

張堅站了起來，雙手揮舞着說：「我非常強壯，強壯得如**海象**一樣。而且我的確看見那些東西，絕非幻覺！南極的冰天雪地，我早已習慣了，不會使我產生任何幻覺的，我根本不需要休假！」

「**你見到什麼了？**」我呆呆地問。

張堅睜大了眼睛說：「你信不信我所講的話？」

我點頭道：「當然相信，再怪誕不經的事我都能相信。」

張堅坐了下來，大力拍着我的肩頭，「我不去找別人，只來找你，可知我眼光不錯。」

「你究竟看到了什麼？」

張堅雙手比劃着說：「一座冰山——」

他才講了四個字，我便忍不住大笑起來，心想他一定是喝醉了。

在南極看到一座冰山，那簡直是太普通的事了。但張堅瞪着我，十分嚴肅地說：「你別笑，還有下文！」

「一座冰山就是一座冰山，還有什麼下文？」我大惑不解。

張堅深吸一口氣，然後詳細地敘述：「那是一座高約二十米的冰山，**透明**得使人吃驚。當時探險隊的其他人都出去工作了，只有我一個人在營地整理着資料。在營地不遠處，是我們鑿開冰原而成的一個湖，約有四千平方米大小，供研究**南極海洋生物**之用。而那座冰山……就是突如其來地……從那個湖中冒了出來！」

我想像着當時的情景，忽然覺得事情不對頭，連忙揮手問：「等等！你確定它是在湖中**冒出來**，而不是從旁邊的冰層滑過來？」

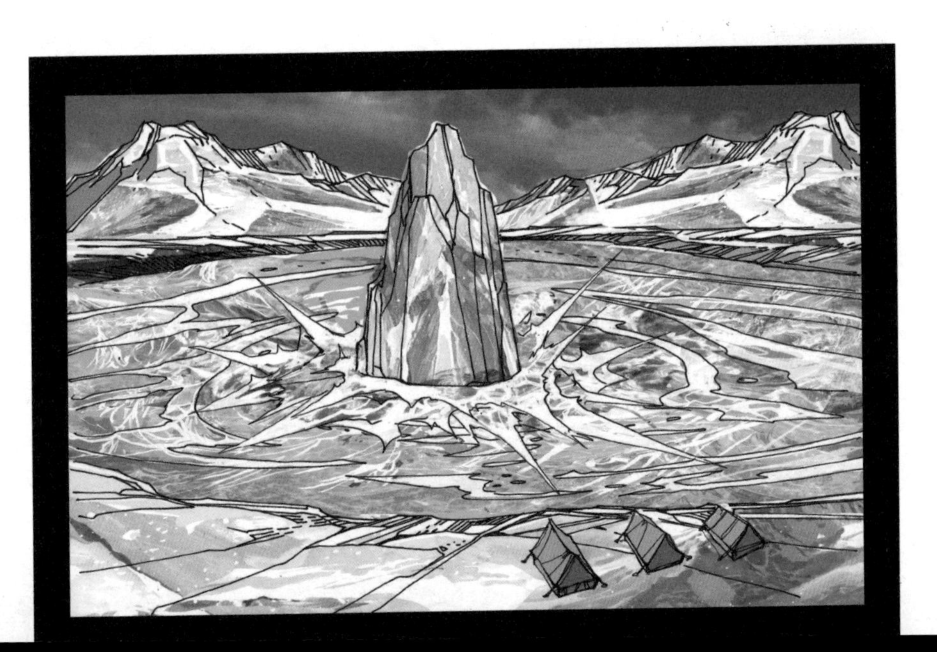

他堅定地點着頭，「我是親眼看着的。我估計，它是從冰層底下漂流過來，到了我們的營地附近，由於冰層已被**鑿穿**，它就在湖的位置浮起來，突然呈現在我的眼前。」

我點了點頭，他繼續説：「這是我在南極生活了許多年，從未遇到過的事。我很高興，因為那冰山的浮現，對冰層下面**海水**的流向，可能是一項極重要的資料，我於是衝了過去。

「來到那座冰山的面前，我發現冰山內有一大塊黑色

的東西，乍看像是一隻

，被冰封在裏面；但仔細一看，便發覺那不是海龜，而是一艘小型潛艇！」

我聽到這裏，不禁問：「一艘小型潛艇？朋友，你會不會看錯？」

張堅的語氣很堅定：「那是一艘潛艇，被約莫三米厚的冰封在裏面，我正感到奇怪，為什麼潛艇會結在冰裏，像小蟲在琥珀中一樣？就在這時候，那艘小潛艇的其中一扇小圓窗，突然射出光來！」

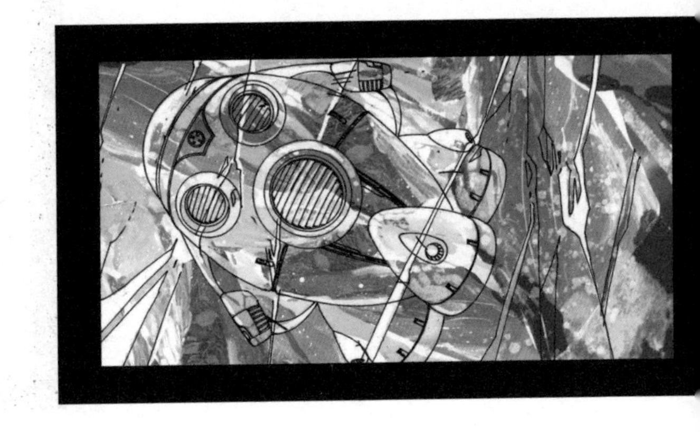

我真懷疑張堅是否在跟我開玩笑，但看到他一本正經的神色，又不像是假的。

他繼續説：「我當時嚇了一大跳，那**閃光**從潛艇的小窗口射出來，閃了幾下，又停了幾下。我立即看出，那是以摩斯電碼發出的**求救信號**：SOS，SOS！」

張堅喘了幾口氣，再説下去：「我立即回到帳幕中，取了一把強力電筒，也打着**摩斯電碼**問：『你們是什麼人？』得到的回答是：『快設法破冰，解救我。』

「基地上沒有別人，我獨個兒吃力地搬動着破冰機，發動了馬達，破冰鎬便急速地旋轉着。

「那座冰山發出可怕的聲音，

地震動着，差不

多花了二十分鐘，它才碎裂開來，成了千百塊。而那艘潛艇亦顯露在我的面前。

「那是一艘樣子非常奇特的潛艇，呈圓形。我關掉破冰機後，潛艇的圓蓋隨即打開，一個人露出了上半身來，向我**招了招手**，喊了一句我聽不清楚的話，便縮了回去，蓋上圓蓋，然後潛艇——」

他才講到這裏，我已**自作聰明**地接着説：「然後潛艇又潛入海底去了？」

張堅瞪了我一眼，「你和所有人一樣，都猜錯了。當時整艘潛艇以我從未見過的速度，突然**一飛沖天**而去！」

他説潛艇一飛沖天的時候，我幾乎不由自主地笑了出來，但馬上又忍住。因為我很同情他，可憐的張堅，在冰天雪地的南極工作得實在太久了，產生幻覺也無可厚非。

我一面望着他，一面緩緩地搖頭。

張堅十分敏感，一看到我搖頭，便大聲問：「你搖頭是什麼意思？」

我連忙説：「沒什麼，你既然來到這裏，我就一盡**地主之誼**，陪你好好地玩吧。」

張堅的手緊緊地握着酒杯，「我所講的一切，你不相信？」

我嘆了一口氣，説：「張堅，你要知道——」

但他打斷了我的話，直截了當地問：「**信，還是不信？**」

我感到十分為難，如果我説相信，那就是欺騙朋友；但如果我說不信，張

堅一定大失所望。

我正在猶豫着該怎麼回答之際，他的手機突然響起收到訊息的**鈴聲**，暫時幫我解了窘，他忙着去查看訊息。

只見張堅忽然臉色一變，既驚又喜的樣子，我問他發生什麼事，順便支開了剛才我不懂如何回答的問題。

他竟對我說：「你得趕快準備一下。」

我聽得**一頭霧水**，「準備什麼？你想我帶你去哪裏玩？」

「準備去南極的衣物和用品。」他說。

「我？」我指着自己的鼻子。

他直接將手機遞到我面前，讓我看看他剛才收到的訊息，發訊息的人是「史谷脱」，訊息的內容是：「營地人手不足，如精神狀況許可，**請盡快回來**。」

「史谷脫是你們探險隊的隊長？」我問。

「嗯。」張堅點着頭，興奮道：「你陪我走一趟怎麼樣？保證你**不虛此行**！」

我真懷疑他的祖先之中，有一個是南極附近的人。要不然，何以本來愁眉苦臉的他，一有了重回南極的機會，便興奮得像隻**企鵝**一樣？

第二章

張堅通過**特殊關係**，一小時內就替我弄妥了到南極所需的一切證件。

我們所搭的飛機，一到了檀香山，張堅便和我直赴當地的空軍基地。

張堅顯然是**空軍基地**的常客了，守衛都認識他，向他敬禮，但對我卻瞪着眼，上上下下打量個遍，檢查清楚才肯放行。

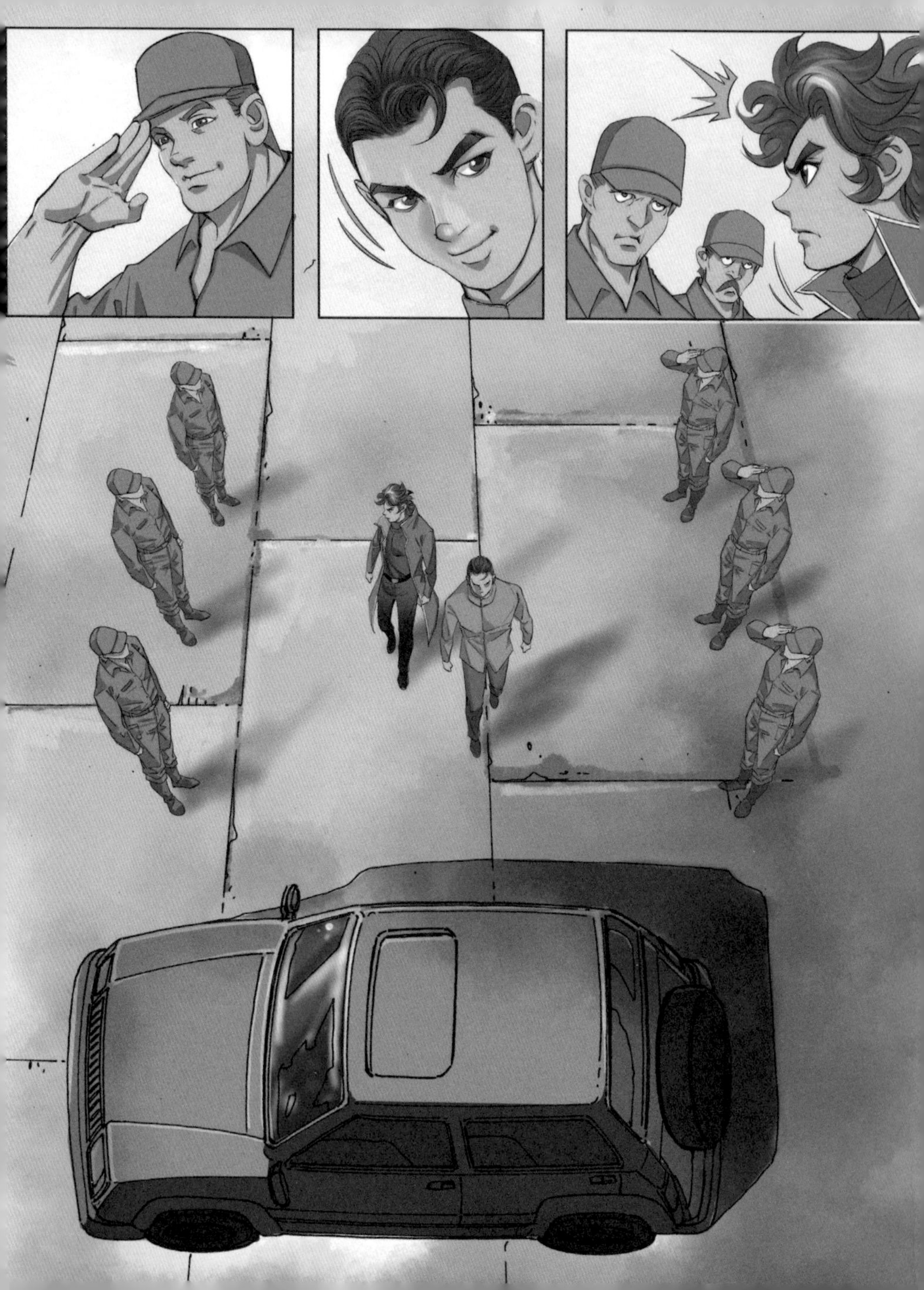

一輛吉普車接載我們，我們上了車，張堅興沖沖地說：「一切都準備就緒了，我們向南飛，中途停留在托克盧島、斐濟島，然後在紐西蘭再停一停，便直飛南極去，這條航線你熟麼？」

「你說什麼？」我覺得自己答應陪他去一趟南極，已經夠瘋狂了，沒想到他還要我親自駕駛飛機，我大聲道：「我當然不熟！你以為我是職業飛機師嗎？就算是職業飛機師，恐怕也沒有多少個會熟悉這樣的航線。」

但他沒有理會我，吉普車很快就在一座飛機庫前停了下來，飛機庫中有兩架小型飛機，我一眼便看出，這兩架飛機性能超卓，而且保養得極好。

張堅望着我，「怎麼樣？」

我點了點頭，「飛機還不錯。」

我們下了車，兩名機械師便迎了上來，問我：「是你駕駛飛機麼？」

我未及開口，張堅已代我答：「對！他經驗豐富，**技術一流**！」

「那就好。」機械師説。

十分鐘後，飛機已經被拖出**跑道**，我和張堅在駕駛艙內，我坐在機師的位置，瞪大雙眼望着他。

張堅笑嘻嘻地對我說：「衛斯理，我知道你可以的。」

我也望着他笑，心中卻不懷好意，打算當飛機飛到海洋上空時，玩一玩花樣來嚇嚇他。

十五分鐘後，我發動引擎，飛機成功起飛了。

晴空萬里，鐵翼翱翔，頓時使人心情開朗，我也打消了惡作劇的念頭。

我用心駕駛着，直到了托克盧島，便慢慢降落。

托克盧島是一個只有軍事價值的小島，我們降落是為了補充燃料而已。

如是者，我們輾轉飛到了紐西蘭，過程十分順利。在離開了紐西蘭，繼續向南飛去之際，只見張堅的心情愈來愈興奮，因為愈來愈接近他喜愛的南極了。

等到氣候變得相當冷，海面上已可以看到若干浮冰的時候，張堅更忍不住哼起歌來。

那天的天氣很好，能見度也十分廣，可是突然之間，我看到雷達指示器上的指針在劇烈擺動，那通常表示前面的氣候有着極大的變化，例如有**龍捲風**正在移近之類。

但現在天氣極好，不應該出現那樣的情況，我正想和張堅説時，飛機突然劇烈地**震盪**起來，約莫過了一分鐘，飛機才恢復穩定。

張堅面上變色道：「衛斯理，你在搗什麼鬼？」

我無暇和他分辯，因為我已經察覺到事情十分不對勁，首先，我看到前面的海水，像是在**沸騰**一樣。

而在沸騰的海水中，有一股火柱不斷地向上湧出來。

那股**火柱**湧得並不高，只不過兩三丈，卻使火柱周圍的海水沸騰。同時，火柱的頂端，冒起一種綠色的濃煙來。

我們看到了，都不禁**呆住**，張堅驚問：「天啊！那是什麼？」

「這裏已接近南極，南極的一切，你不是比我更清楚嗎？」我説着檢視了一下儀表板，顯示飛機目前已經到了七千尺的高空，而且以極高速繼續上升。

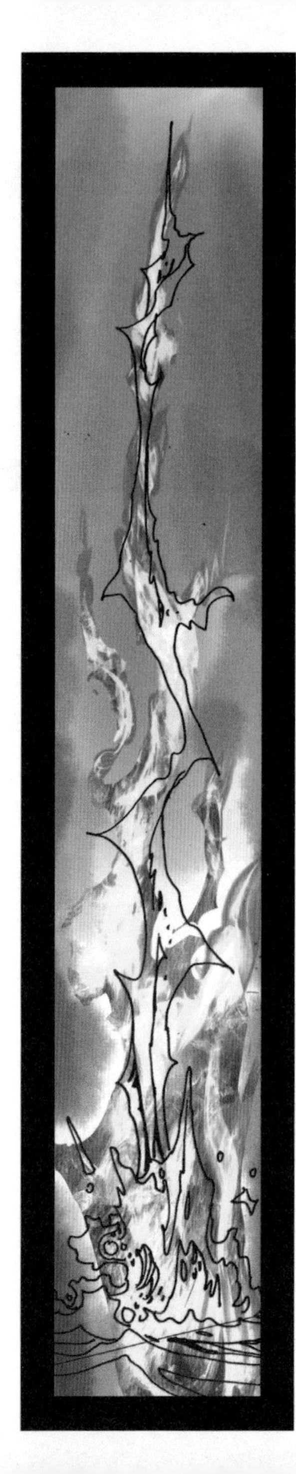

我想令飛機下降，但發現辦不到，飛機正頑固而迅速地向上升去！

張堅也留意到了，緊張地問：「衛斯理，為什麼飛得那麼高？」

我高舉雙手以示**清白**的模樣，「飛機是自動上升的，完全不受控制！」

「怎會有這種事？」

我苦笑道：「**我也不明白**，但這事確實正在我們面前發生。」

張堅操作飛機上的通訊設備，嘗試聯絡南極探險隊的總部，或者附近的，發現都不成功，立時着急起來，「怎麼操作不了？」

這時，儀表板顯示，高度已經到達一萬一千尺了，而我們都明顯感覺到，飛機還在繼續向上升。

「天啊！」張堅叫道：「我們要升到什麼地方去？」

沒多久，高度表更到了頂點，我們已經無法知道自己究竟升到什麼高度了。

我抬頭一看，只見在蔚藍色的天空中，有着極大的一團白雲，而我們的飛機正向着那團白雲升去。我連忙問：「張堅，有沒有可能，在南極的上空，有一種帶有強烈磁性的雲層，將我們的飛機吸過去？」

張堅一臉茫然，「在我的研究中，還未曾有過這樣的發現。」

我拍了拍他的肩頭說：「這可能是震驚世界的新發現。」

他苦笑道：「是啊，但請問，我們怎樣將這個新發現告訴全世界？如今無線電失靈，飛機又失控，我們難道要把這個發現寫下來，放進玻璃瓶，抛到大海去，希望它能漂流到某個海灘，讓某個可愛的小孩發現了並撿起來？」

「難得你還保持着幽默感，證明你知道我們仍未絕望。我們跳傘吧。」我說。

沒錯，如今我們唯一可以做的，就是棄機跳傘，雖然在南極這樣惡劣的環境下跳傘，風險極高，但如果飛機繼續失控，我們也別無他法了。

我們匆匆穿上了輕便而性能極佳的禦寒衣物後，發現飛機正要穿過那一大團雲。可是才一穿進去，飛機就震了一震，接着竟然停了下來——完完全全靜止在空中！

我和張堅驚訝得不知所措，**面面相覷**，卻一句話也講不出來。

接着，更意想不到的事情發生了！

我們聽到「**錚錚**」的金屬碰擊聲，於是循聲看去，只見在雲層中，竟然有一塊鐵青色的金屬板，自飛機

後方緩緩向前飄浮過來，一直來到機門的旁邊才停住，像一張飛氈一樣。

然後，我們聽到一個人講話的聲音，那人用極其純正的英語說：「兩位，請你們跨出機艙，站在這塊平板上。」

我和張堅都看不到那平板上有人，那聲音不知是通過什麼方法傳過來的。

我們到底應不應該聽從那個指令呢？正猶豫不決之際，我們又聽到那把聲音說：「你們闖進了試驗區，如今已身處三萬五千尺高空，無法下去，必須服從我的命令。」

我勉力定了定神，回應道：「好，我們可以聽你的命令，但我們首先要明白，你是什麼人，在這裏從事什麼試驗？」

那聲音說：「**你們不用明白這些**，只須按着我的命令做。」

張堅苦着臉，**低聲**問我：「怎麼樣？我們出不出去？」

我向那塊金屬板看了一眼，「希望這張金屬飛氈可靠。」

「我們真的要出去？」張堅緊張道。

我攤了攤手，「除了出去之外，還有什麼辦法？你沒有聽到麼？我們身處三萬五千尺的高空，而飛機又完全失靈，**除了服從他的命令，我們還有什麼法子？**」

第三章

我向機門走去，打開了機門，那塊 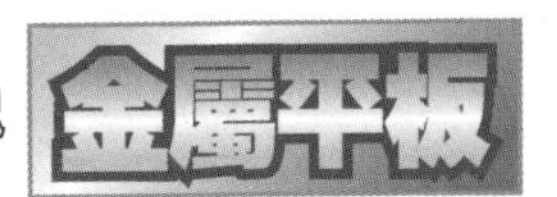

竟自動升高，方便我們踏足上去。

我站在平板上，四周圍全是雲霧，什麼也看不到。

接着，張堅也出來了，他握住我的手臂，我們還來不及交換意見，平板已經開始向前滑去。

平板的移動速度快而穩，大約一分鐘後，它開始向上升，然後像**衝破**了什麼東西似的，眼前忽然一片清明，看到了難以相信的奇景。

平板停了下來，在我們面前的，是一幅相當大的平地——我説是「平地」，因為那的確給人「地面」的感覺，上面有泥土，還有**花草**。在平地的正中，是一幢六角形的建築物，很高，也很怪異。

我們抬頭向**建築物**的頂部看去，只見到雲，四周圍全是雲，唯獨這幅平地之上，空氣清爽，就像有一個極大的**玻璃罩**，將這幅平地罩住，使密雲難以侵入一樣。

我試着伸出一足，踏在那塊平地上，那的確是平地，並非我的幻覺。我跨出了那塊平板，在平地上**站定**，張堅跟在我的後面。

這時候，那六角形建築物的底層，有一扇門向上升起，走出一個人來，張開兩臂說：「真的是張博士，歡迎歡迎！」

那人的身材十分矮小，身上穿着如同**潛水者**所穿的橡皮衣，頭上也戴着防毒面具也似的銅頭罩。

忽然間，我們聽到一陣嗡嗡聲，在那六角形建築物的一個窗口中，飛出一個**圓形**的東西。

那東西乍看像是一隻大

，又像潛艇，卻以極高的速度破空而去。

張堅失聲道：「它！就是它！」

我知道張堅這句話的意思是：剛才飛走的，正是他曾向我講過，那被困在冰中的潛艇。

他低聲道：「衛斯理，你現在相信了麼？」

，我不由得不信。

我吸了一口氣，向那個穿橡皮衣、戴着銅頭罩的人說：「我希望你們並非來自外星。」

那矮子突然以一種十分怪異的聲音笑了起來，卻沒有正面回答，只是以一種純正得過分的英語說：「我們不必討論這個問題，兩位既然來了，也不用着急。張博士，我們曾到你們的營地去找過你，但是你不在。」

張堅很愕然，「找我？為什麼？」

那人說：「我們的領導人，在一次巡視飛行中，不幸遇到一團冷空氣，還來不及反應，那團帶水的冷空氣就已經將飛船包圍，結成了一層厚達三米的冰——」

張堅立時向我望了一眼，「信了吧？是真的！」

我無話可說，只得點頭。

那人也向我望了一眼，繼續道：「飛船隨冰墜落到海洋之中，若不是張博士相助，我們的領導人已遭逢不幸了。」

張堅趁機道：「原來是這樣。那麼，請你們盡快讓我們的飛機能夠恢復飛行，我急於趕回基地去。」

那人又笑了一下，「你們的飛機經過極強的磁力吸引後，所有機件都變成了強力磁鐵。」

張堅的神情有些憤怒，「你弄壞了我借來的東西！」

那人卻揮了揮手說：「我們不必糾纏於這個問題，兩位請進來**休息**片刻，我們的領導人將會接見兩位。」

「你們究竟是什麼人？」我問。

可是那人並不回答，逕自轉過身去。

張堅大聲問：「**你們究竟是什麼人，為什麼會在空中？**」

那人依然不轉過身來，只說：「我們如今所在的地方是一座**空中平台**，是我們進行實驗的指揮所，這和你的探險隊在冰上建立營地是一樣的，又有什麼值得奇怪的地方？」

張堅一時間**無言以對**。我們三人從那扇門走進去，來到算是大堂的地方，那裏一點家具也沒有，牆壁、地板和天花板全是一種**銀灰色的金屬**。

「請你們在這裏等一等。」那人說完就往另一扇門走了出去。

張堅立即問我：「衛斯理，我們怎麼辦？這是什麼地方？」

我低聲說：「如果那些人不是來自別的星球，那麼，這裏一定是什麼國家所建立的一座秘密空中平台，正在從事神秘的實驗。」

張堅失聲道：「如果是這樣的話，我們現在發現了他們的秘密，豈不是必死無疑了？」

我點了點頭，「不過，你曾救過他們的領導人，或許仍有一線生機。」

張堅苦着臉，不再言語。我走到那扇門前，準備伸手去推門，但門已自動打了開來，好像能感應我的思想一樣。

我向門外跨出了僅僅半步，立即就有兩個人從門的兩旁出現，攔住了我的去路。

他們跟之前那人一樣身材矮小，穿上**橡皮衣**和戴着**銅頭罩**。

我不明白這裏的人為什麼都穿成這樣，那沉重的銅頭罩看來像是調節空氣用的，但我不明白他們為什麼要調節空氣，因為對我來説，這空中平台上的空氣，跟里維拉海灘上的空氣一樣**清新**。

那兩人攔住了我的去路，警告道：「請你不要走出這扇門來。」

他們所講的，同樣是十分純正的英語。

為免惹麻煩，我退了回來。而張堅卻大聲抗議：「為什麼不能出這扇門，我們被**禁錮**了麼？」

我向他揮了揮手，「算了，我看他們也是奉命行事，回答不了我們的問題。」

我和張堅等了約五分鐘，那個領我們進來的人，又回到房間來。

老實説，我其實無法分辨他們誰是誰，因為他們的身材同樣矮小，衣服也**完全一樣**，甚至連説話的口音也相同，我只能憑他們説話的內容來判斷。

那人一走進房間，便説：「請你們跟我來，我們的領導人準備和你們見面。」

張堅立即低聲對我説：「不知道他們的領導人是什麼樣的。」

我也低聲道：「希望不是一頭紫紅色的**八爪魚**。」

張堅明白我的意思，是希望這個空中平台並非外星人所建。他嘆了一口氣，「我倒希望是，你想，如果什麼國家，在**南極上空**設立了這樣一座空中平台，而被我們發現了這個秘密的話，後果恐怕更慘烈……」

我們一面密談，一面已到了走廊的盡頭處，那個帶領我們的人，在一個**按鈕**上一按，我們的身體立即被一種黃色極濃的霧所包圍。

張堅大聲叫道：「這是什麼玩意？」

他只叫了一句話，那種濃霧便散了開來，我們仍站在

走廊的盡頭，那個矮子就在我們身旁。

我問他：「剛才那陣霧是什麼意思？」

那人說：「沒有什麼，那只不過是一種頻率極高的無線電波在空氣中所產生的正常反應而已。」

張堅又問：「但這種高頻率無線電波又是什麼意思？」

那人淡然地說：「它能夠探測兩位的思想，並記錄在案。」

我和張堅聽了，不禁大吃一驚，面面相覷間，那人的手又在一個按鈕上按了一下，說：「請。」

在我們面前的一扇門打了開來，我們硬着頭皮走進去，裏面是一間十分舒適的接待室，已有一個人坐在一張沙發上，他一見到我們，便站起身來，「歡迎，歡迎兩位光臨。」

第四章

我打量着那個人，他是一個身材和我差不多高的中年人，樣子十分莊嚴，但並不凌厲。

我笑了一笑，「終於看到一個不戴頭罩的人了。」

那中年人也笑道：「我叫傑弗生，你們好。」

我們都坐下來後，我立即開門見山問：「傑弗生先生，我們還有機會回到地面去麼？」

「當然有。」傑弗生保持笑容。

「那就好。」我又說：「那麼你們一定有極好的交通工具，可以迅速地送我們回到張博士的基地。」

「可以，但不是現在，衛先生。」傑弗生說。

一聽到他稱呼我衛先生，我猛地跳了起來，「我沒有向你們任何人說過我的姓名。」

傑弗生揚了揚手，「不要激動，我們都知道的。」

我登時想起，剛才那些高頻率的無線電波，如果真能探測我們思想的話，那麼，他的確可以知道不少我的事！

我又坐了下來，傑弗生說：「首先，請你們放心，我和你們一樣，是地球人，而不是紫紅色的八爪魚。」

我心中「哼」了一聲，這傢伙真的探測了我們的思想，不然他怎麼知道我曾經以為他是「紫紅色的八爪魚」？

我隨即回應道：「我們知道這一點就足夠了。至於閣下是哪一個國家的人，或從事着什麼**實驗**，我們一點興趣也沒有，亦絕不會向任何人提起這次遭遇。我們只求能快些離開這裏。」

傑弗生聽完我的話，搖了搖頭，「遺憾得很，要請你們暫時在這裏作客。」

我和張堅臉色一沉，我又站了起來，質問道：「你這麼說，等於要**軟禁**我們了？」

傑弗生緩緩道：「兩位應該知道，歷年來，在南極上空無故失事的飛機有很多。」

我瞪着眼，「你突然說這句話是什麼意思？」

傑弗生仍是**慢條斯理**地說：「我們所從事的實驗，絕不想給任何外來人知道，我們利用人造雲霧，將空中平台遮掩起來，使外面看來只是一大團白雲。但仍然會有一些飛機，像你們那樣闖了進來，使我們不得不以強烈的磁性放射線，令他們失事——」

傑弗生在講着那樣野蠻殘暴的事，但聲音竟然還那樣娓娓動聽，這是我最不能忍受的，我怒道：「你這個無恥的傢伙！」

我一面說，一面跨前一步，猛地伸手抓住傑弗生的肩頭，他面露驚恐的神色，連忙掙脫，跑到一堵牆前面，推開牆上的暗門逃了出去。

我還想追上去，但身後有人叫道：「你們不能在這裏動粗。」

回頭一看，只見張堅仍坐在沙發上，而兩個戴着銅頭罩的矮子已走了進來，説話的正是他們其中一個。

我冷笑一聲，「動粗？是什麼人將我們弄到這裏來的？你們有什麼權利將我們禁錮在這個空中平台上，不讓我們回去？」

我一個箭步跨向前，抓住其中一個矮子，一拳向那矮子的頭上打去。

我那一拳下手不算很重，只想教訓一下他，以泄心中的怒憤。可是沒想到，「砰」地一聲，那矮子的整個**頭顱**竟因為我這一拳，而跌了下來！

張堅驚叫了一聲，我也目瞪口呆，連忙鬆開了手，那個已沒有頭顱的矮子，身上發出一種「**嘟嘟**」的怪聲，和另一個矮子一同衝了出去。

我把目光緩緩地移至地上，只見到那銅頭罩，卻沒看到半點血漬。我戰戰兢兢地俯身撿起銅頭罩，發現內裏全是**電子零件**，而且線路極之複雜和精細。

張堅和我一看到這個情形，都**恍然大悟**，原來那些矮子全是機械人！

我極力使自己冷靜下來，然後大聲説：「傑弗生先生，我相信你一定能聽到我的聲音，是不是？」

傑弗生的聲音立時在房間中響起來：「是的。」

我接着說：「那就好，請你在我們還未破壞這裏的一切之前，放我們離開。」

「衛先生，別威脅我們，你破壞不了什麼的，而你們暫時不能離開這裏。」

我冷笑道：「你以為可以永遠將我們扣留在這空中平台上麼？」

傑弗生說：「不是扣留，我是邀請你們留下來作客，在我們實驗完全成功之後，你們便可以離開。」

我「哼」地一聲問：「你們究竟在從事什麼實驗？」

傑弗生以十分沉着的聲音回答：「那是關於……一種能毀滅地球的力量。」

我和張堅不禁呆住，我質問傑弗生：「你自己不是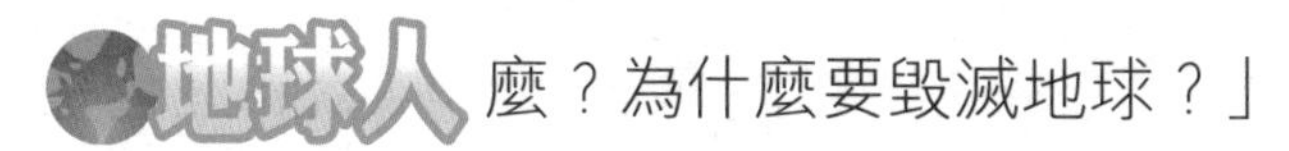地球人麼？為什麼要毀滅地球？」

傑弗生嘆了一口氣，「我們並不想毀滅地球，可是那種毀滅地球的力量一直存在，我們只想控制着它。」

「嘿，你真會狡辯。」我怒道：「我看你不是想控制那種力量，**而是想控制整個世界！**」

傑弗生笑了起來，「也難怪你有這樣的想法。的確，一柄**彈簧刀**，可以指嚇一個人將錢包交出來；同樣的，有了毀滅地球的力量，就可以威脅全世界做任何事。」

「你們究竟是什麼人？這裏的一切，是地球目前的**科技水平**所做不到的，你們真的是地球人麼？」我追問。

傑弗生又笑了起來，「當然是，我的家鄉在南威爾斯，我是牛津大學的博士，又曾經是美國麻省理工學院的教授，你説我會是別的星球上的**怪物**麼？」

我冷冷道：「那倒難説，我以前遇到一個流着藍色血液的外星人，他甚至是我的大學同學！」

傑弗生大笑起來，「哈哈，有趣，有趣。」

他這句話講完之後，房間便寂靜無聲，我和張堅連問他幾句，都得不到回應。

我倆只好冷靜下來，仔細檢視這房間的一切，發現了許許多多精細的電子線路和儀器，除此之外，我們發覺這裏的門和窗都是**牢不可破**的，但整幅牆壁上，卻像有着無數的小孔，讓新鮮空氣透入，起着調節的作用。

我們**一籌莫展**過了四個小時，才又聽到傑弗生的聲音：「張博士，或許我的話不能令你信服，但是你的一位老朋友來了，他的話，我相信你一定肯聽。」

張堅怒氣沖天，「少說廢話！在你們這裏，怎會有我的老朋友？」

他的話才一出口，便有一把美國口音傳來：「張，你怎麼罵起老朋友來了？」

張堅登時站了起來，臉上的神情既驚喜又震駭，我忙問他：「怎麼了？」

他根本沒有聽到我的話，只說：「是你麼？羅勃，這……是怎麼一回事？」

那口音笑着道：「所有人都認為我已經死了，是不是？」話音剛落，門打開，一個精力充沛的人走了進來。

他約莫三十出頭，身子結實，一頭紅髮，張堅臉上的神情更是驚愕，他望了望那個美國人，又望了望我，忽然說：「在高空爆炸的飛機中，可能有**生還者**麼？」

那美國人笑道：「我就是。」

張堅搖着頭，已說不出話來。我連忙走到他的身邊，問：「張堅，這個人究竟是怎麼一回事？」

張堅吸了一口氣，說：「**他是一個已死的人。**」

「別胡說，他正活生生站在我們面前！」

張堅仍然堅持道：「羅勃是死了，三年前，他乘搭的客機在紐西蘭上空**爆炸**，據目擊者說，爆炸一起，整架飛機頓成碎片，機上四十餘人自然毫無生還的希望，包括羅勃。可是現在……」

我馬上想到一個合理的解釋：「這個人可能是羅勃的

孿生兄弟。」

站在我們面前的那個「羅勃」，聞言立即哈哈大笑起來，「張，你可還記得，我那次出行，在你送我離開基地時，你託我在經過紐西蘭克利斯丘吉城的時候，要我替你去問候慕蘭麼？」

張堅臉上紅了起來，「慕蘭」是一個女子的名字，看情形還是張堅的好朋友，所以一聽了就臉紅。

但他的臉色很快又煞白下來，疑惑地問：「你，你……真是羅勃，羅勃強脱？」

對方回答道：「不錯，我就是羅勃強脱。」

第五章

張堅竟然重遇一位「死而復生」的好友，實在感到難以置信，雙手捧着頭說：「這怎麼可能，叫我怎麼相信？」

羅勃笑道：「你怎麼了？看到我活生生地站在你面前，還不信麼？」

「你是怎麼來到這裏的？」張堅問。

羅勃說：「當時，我甚至不知道飛機爆炸，只感覺到身體突然被什麼東西托住往上飛，接着，我便穿過雲層，到了這裏來。」

羅勃講到這裏，傑弗生已推門進來，接口道：「就在爆炸發生時，我馬上指揮一塊**飛行平板**，將強脫先生載了出來，我們從此成了好朋友。」

我立即追問：「飛機上其餘四十多人呢？」

只見傑弗生攤了攤手，**嘆了一口氣**。

「那些人被你謀害了，因為你要得到羅勃，所以你令那架飛機爆炸，是不是？」我質問他。

傑弗生聳了聳肩，又嘆了一口氣，「看來你對我有很深的成見。」

沒錯，我認為傑弗生絕不會是**好人**，他在研究毀滅世界的力量，我幾乎想撲過去打他，但這時羅勃突然說：「我們如今是三個人，我，和另一位世界著名的**地質學家**，藤清泉博士，都由傑弗生教授領導。」

藤清泉博士可說是日本的「國寶」，誰都知道日本是火山國，火山爆發和地震都是常見的事，而藤清泉博士正是火山學、

地質學的專家，國際上的權威。他是在三年前，巡視一個大火山口時突然失蹤的，外間一般都推測，他是不慎跌進火山口而喪生，卻沒想到他也給傑弗生帶來了。

我冷笑道：「我不信藤清泉博士願意留在這裏。」

我的話才一出口，便聽到一把蒼老的聲音傳了進來：「我很願意的，年輕人。」

一個身材矮小的老者走了進來，他額上的皺紋多得出奇。我一看到他，連忙鞠躬説：「藤博士，我素仰你的大名，可是你為什麼會幫這種人……」

藤清泉緩緩道：「年輕人，我是在幫地球，希望地球得以保存。」

傑弗生隨即說：「張先生、衛先生，我希望你們兩人也參加我所領導的工作。」

我不屑道：「要我拿彈簧刀去搶劫錢包嗎？這種事情我不幹。」

傑弗生沒好氣，「正如藤博士剛才說的，我們是拯救地球。」

我搖着頭，「那更輪不到我，你們都是第一流的科學家，而我的科學知識，卻還停留在學生的程度。」

他解釋道：「正因為我們要專注於研究，所以有許多事情分身不暇，需要一個異常能幹和勇敢的人去辦。」

我斷然拒絕：「請別給我戴高帽子，我不想在你的空中王國當大臣，我只想回去，回地上去！」

傑弗生的臉色沉了下來，「你不答應也罷，等我們實驗告成後，你就可以回地面去。」

我不禁**怒氣沖天**，「你們的實驗與我何干？我要現在就回去！」

我衝向前，想脅持住傑弗生，逼他放我和張堅走，但兩個矮子機械人**速度很快**，及時衝進房來，擋在我面前。

我想推開它們，可是雙手一碰到它們的身體，就感到全身一麻，好像有一股強勁的電流通過我的身體，接着**眼前一黑**，我便什麼也不知道了。

等到我再醒來時，我發現自己在一個「泡泡」之中，那是一層透明的，看來十分薄的東西，但很有彈性，非常**堅韌**。

我能抓住這層東西，但不論用力去撕、拉、踏、踢，它都只是順着我施的力道而**變形**，卻絕不破裂。等到我不用力時，它又回復原狀。我真懷疑自己是如何進入這個「泡」的。

往外面看去，「泡」外全是厚厚的白雲，我不清楚自己是否仍在那空中平台上，還是被放置在別的地方。

我無法衝破這個「泡」，只好躺下來，休息片刻，忽然想到：這層薄膜或許怕**火**！

我連忙摸出了打火機，打着了火，向那層薄膜湊過去。火舌碰到了那層薄膜，在幾乎不到一秒之間，整層薄膜都變成了紅色，然後瞬間破滅，而我整個人卻急速墜下！

我立時後悔了，我不該去破壞那個「泡」，而早應該猜想到，那個「泡」正處於萬呎高空之中！

現在我只能揮舞着雙手，想抓住些什麼，卻又沒有什麼可以給我抓住。絲絲白雲在我的指縫中溜走，很快地，我穿出了雲層，看到了青天。

我抬頭往上看，一大團白雲停在空中，我知道在那團白雲內，有着一座空中平台。

向下看去，則是一片白色，那是南冰洋和南極洲的大陸，不論是海還是陸地，在南極都是白色的。

我身子下墜的速度愈來愈快，使我心房劇烈地跳動，耳朵也響起了轟鳴聲。

就在這時，我看到一隻海龜也似的飛船，向我飛了過來，繞着我轉了一轉，然後傳出傑弗生的聲音：「你希望這樣回到地面去，還是加入我們？」

傑弗生以為在這樣的情形下，我一定會答應他，但是他錯了。

他錯在兩方面，一方面是他以為我會屈服，另一方面是他以為我還能開口回答他。事實上，沒有一個人能在這樣高速的下跌中開口講話。

傑弗生的聲音仍不斷地從飛船中傳出來，而我則不斷地向下墜。

我只覺得面上如同刀割一樣地痛，腦子像是快要爆裂開來一樣，耳際只聽到一陣陣如同天崩地裂也似的聲音，漸漸連傑弗生在說些什麼，我也根本聽不到了。

就在我快承受不住時，下墜之勢驟然停止。

若說那種高速度的下降使人感到痛苦，那麼在高速下墜中突然停止的那種感覺更令人吃不消，我的五臟六腑剎那間在體內翻騰！如果我不是受過嚴格的中國武術訓練，此刻一定已經昏了過去。

差不多過了一分鐘之久，我才看清楚發生了什麼情況，原來是那艘飛船伸出了一塊圓形的網，將我兜住。那網子閃閃生光，看不出是用什麼材料做的，其韌性極強。這時我耳際又聽到了傑弗生的聲音：「結果還是要我來救你。」

我向下看去，現時距離海面近得多了，不超過一千尺，我可以看到一隻隻蹲在浮冰上的海豹。

我對傑弗生口硬：「我有叫你來救我麼？」

傑弗生的聲音帶着怒意：「如果你不要我救，大可以

跳下去。」

我冷笑着道：「你以為我不敢嗎？請你不要再**自以為是**地接住我！」

話音未落，我已站了起來，向網外躍跳下去！

傑弗生一定沒想到我真的敢跳下去，只見他的飛船僵住了不懂得反應。

我心裏正得意之際，卻看到海面上恰好有一大塊浮冰，正正在我的下方。我登時又後悔了，我後悔自己太衝動，沒有看清楚時機再跳。

現在我只能**禱告**，因為我如果落在海水中，或許還有生還的機會，但萬一跌在冰塊上的話，恐怕只會粉身碎骨！

那塊浮冰很大，它什麼時候才漂出我跌下去的範圍呢？我閉上了眼睛，不敢看，完全**聽天由命**。

第六章

終於，「通」地一聲，我掉進了水中，再慢慢浮回水面時，那塊浮冰在我三十米外，這時我又嫌它離我太遠了。

我連忙游過去，爬上了浮冰，坐在冰上。

此刻天上有許多白雲，有的停着不動，有的以極慢的速度在移動着，從下面看上去，我無法分辨哪一團白雲中，隱藏着傑弗生教授的空中平台。

如今的處境，我唯一能做的，只是等待，等待這塊浮冰帶我靠近冰原，或者接上其他的浮冰。當然，如果遇到船隻將我救起，那就更好。

幸而我在飛機上與張堅準備**跳傘**時，已穿上了禦寒衣服，雖然還是覺得很冷，但勉強能保命，不致於馬上凍死。

我要盡量休息，保存**體力**，但又不敢睡，怕浮冰在我睡覺時愈漂愈遠，不知漂到哪裏去。我必須保持警覺。

不過，我還是進入了**迷迷糊糊**的狀態，直到這塊浮冰突然不動，我才醒覺過來，凝神一看，看到了一片雪白的冰原。

冰原上有幾隻企鵝，正側着頭，好奇地望着我。

我踏上了冰原，慢慢地向前走，只覺冰原一望無際，**叫天不應，叫地不聞**。

也不知道走了多久，我突然聽到一陣尖利的呼嘯聲迎面傳來，冰原刮起了風暴！

我來不及反應，身子已經被裹在無數的冰塊、雪塊之中，像陀螺也似地在亂轉。

我只能用雙手緊緊地抱住了頭，防止冰塊擊中頭部，而我整個人已被暴風掃得向前滾了出去。

暴風來也匆匆，去也匆匆，突然之間又消失了，而我卻一下失足，滾跌進一道冰層的裂縫去。

我知道南極冰層的裂縫深不可測，像是可以直通地心一樣，不少探險家雖然會冒險下去探索，但因為裂縫實在太深，也沒有什麼人知道裂縫下面究竟有些什麼。

我沿着冰壁跌跌滾滾間，忽然發現冰壁上懸着一條已結滿了冰的繩子，可能是某些探險隊員曾經探索過這道裂縫而留下來的。

我連忙伸手抓住那條繩子，但因為繩子上結了冰，又滑又硬，我雙手等於握住了一條冰條，無法停住身體，只能沿着冰條滑下去。

眼看我身下的繩索愈來愈短，我非跌下去不可之際，我看到繩子的盡頭是一個**冰球**，於是雙腳夾住繩子，增加摩擦力，最後直踏在那個冰球上。

雖然冰球也一樣十分滑，使我無法**立足**，但總算緩衝了下跌之勢。當我雙腳從那冰球上滑開，身子又向下

落去時，我的雙手終於可以緊緊地握在冰球上方，沒有再滑下去。

我整個人吊在半空中，下面是深不可測的深淵。

這時我才看到，原來繩索的盡頭處打了一大個結，所以冰在上面凝結成一個大大的冰球。

我心中暗暗感謝那個留下繩索，並在繩索盡頭處打上一個結的探險隊員，若不是他，我這時已不知跌到什麼地方去了。這道冰縫，看來像是直通地心一樣的深。

我竭力定了定神，打量一下冰縫兩面的冰壁，只見冰壁直上直下，陡峭無比。但在我的腳下兩尺處，卻有一塊大冰，突出在冰壁之外。

如果我輕輕落下，應該可以站在那冰塊上，那樣比吊在半空好得多了。我於是先鬆開了一隻手，慢慢地伸出一隻腳，踏在那冰塊上，踏穩後，接着又踏下另一隻腳，然後把另一隻手也鬆開來。

我成功站定後，往前一看，發現那裏竟然是一個冰洞。

在冰壁中有一個冰洞，本來也不是什麼出奇的事，真正令我震驚的，是我看見冰洞中有着人影！

我立時衝進去，但由於冰太滑，衝勢又急，所以我很快便跌倒，然後像個巨型冰球一樣，滑進冰洞去。

進了冰洞後，我看得更清楚了，那裏有一具像是電腦的大機器，排列在一面冰壁前，如同兩座大櫥。而在大電腦之前，則有兩張椅子，其中一張坐着一個人，背對着我，他的手還放在電腦的一個按鈕上。

另一張椅子的人卻站着，身體恰好倚在電腦的一條操縱桿上。

在那大電腦旁，另有一張平台，上面放着許多雜亂的東西，雖然都是我從未見過的，但我憑**直覺**認為那是一些文具、維修工具、小型儀器，還有幾個盒子，不知道內裏有什麼。

這冰洞看來像是一個**控制室**，但用來控制什麼，我卻不知道。

那兩個人的模樣也很令我驚訝，因為他們個子十分矮，頭上戴着**銅頭罩**，外表和傑弗生教授所控制的那些機械人幾乎一模一樣。

唯一不同的是，這兩個人的背上都揹着一排管子，並以**喉管**接到他們的銅頭罩去。看來那一排管子中裝的是氧氣，供他們呼吸。但我馬上感到疑惑，因為我覺得冰洞中的空氣雖然寒冷，卻十分正常，我自己也完全不需要用到**氧氣筒**。

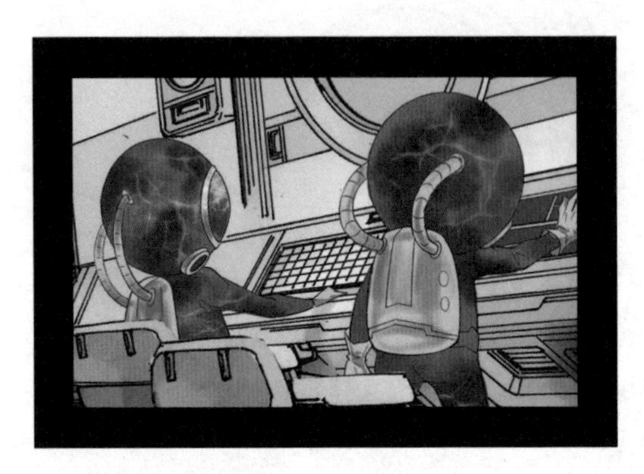

這兩個也是機械人麼？可是機械人為什麼需要呼吸？難道那排管子不是供給氧氣，而是供給燃料？

不過，傑弗生教授所控制的那些機械人，卻沒有揹着任何管子。這一點使我覺得，眼前這兩個人，與傑弗生那些機械人是不同的。前者需要揹着一排管子，後者卻不需要，那表示，前者需要呼吸，是有生命的，並非機械人。如果我的推測沒有錯，眼前這兩個人，恐怕就是外星人了！

我有這個念頭的原因，是因為我相信空中平台上的那些機械人，正是這兩個人所製造的，或者應該說：是這種外星人製造出來的。因為機械人的外形和他們完全一樣，矮小的個子，穿着橡皮衣服，戴着銅頭罩。試想想，我們地球人製造機械人的時候，不是也依照着自己的**模樣**來設計嗎？

直到這一刻，我進來冰洞已有好幾分鐘了，但那兩個人依然一動也不動。我終於開口説了一聲：「你們好嗎？打擾了。」

他們仍然保持着原來的姿勢，**紋風不動**，因此我幾乎可以確定，這兩個人已經死了。

第七章

我大着膽子走向前，先到了那個站着的人面前，輕輕推了一下，那人的身子搖了一搖，便砰的一聲倒在冰上。

這時，我看到桌上有一些像紙張的東西，但材質跟我們常用的紙張不同，上面亦寫滿了我看不懂的符號。

同時，我意外地看到一大疊相當舊的報紙，上面全是1906年美國三藩市大地震的報道。

我又轉過身來，去看那個坐在椅子上的人，一時忍不住**好奇心**，伸手揭開他的銅頭罩。

也許是那些喉管暴露在寒冷的空氣中太久了，當我一揭起銅頭罩，喉管就應聲斷裂，一股**綠色的氣體**冒了出來，我立即聞到強烈的、如氯氣般的味道，不禁吃了一驚，連忙向後退。

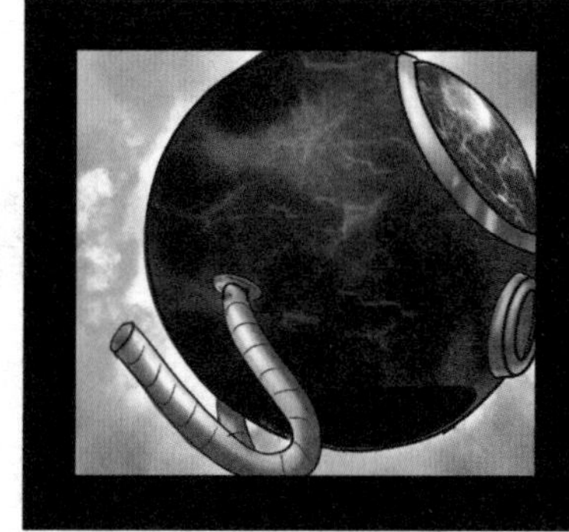

幸而冒出的氣體並不多，至於那是不是氯氣，我也不敢肯定，但它的顏色和氣味都和氯氣相似，而且同樣比空氣

重，在那喉管中冒出來之後，便慢慢向下沉去，在地面上散開。

我再抬頭望向那個人，看清楚他的臉容後，不禁怔了一怔，叫了出來：「我的天！」

他和地球人一樣有着五官，但一雙眼睛幾乎佔據了兩邊額角的一大半，嘴巴小而尖，耳朵和地球人差不多，不過整張臉卻是暗綠色的！

我相信，他活着的時候，臉色也好看不了多少，或許是鮮綠色。

接着我又發現他戴着橡皮手套的手，居然有七根細長的手指，倒有點像觸鬚。他的「手」握着一張紙，也是那種特殊材質的紙，我取了下來，紙上全是我看不懂的曲線，看上去像文字一樣，一行完了，又是一行，總共有四十七行之多。

在四十七行曲線的下面，又有兩行短曲線。

整張紙，乍看像是一封信，信末有着兩人的簽名，但是誰能看得懂那些高高低低彎彎曲曲的文字代表什麼意思呢？

此「人」緊緊地握着這張紙而死，我要用力扳開他那觸鬚也似的手指，才能將紙取下來，可見這張紙十分重要。所以我把它小心地摺好，放進我內衣的一個小袋中——那是我存放重要東西的地方。

然後，我在那兩個人身上搜了一搜，在倒地那人的一個口袋中，我找到了一張照片。

照片是捲成棒狀放在那人口袋中的，我將它展開來，竟浮現出立體的影像，絕非我們所能想像的普通照片。

我在影像中看到了一片綠色——在大量的淺綠色之中，有着不少深綠色的東西，看來可以稱之為「樹木」，而在那些「樹木」前面，站着三個「人」。

中間一個身材較高，有着一頭深綠色長髮，身上穿了閃着綠光的**鱗甲**，那大概是他的衣服。而「他」的雙手，都有七根觸鬚似的東西，扭在一起。

在那個「人」的旁邊，是兩個較小的「人」，外表和那個大「人」差不多。

我一鬆開手，照片又捲成了**棒狀**。

我估計照片上的三個「人」，多半是我眼前這個人的家屬。

我先將這兩個「人」的**屍體**拖到一旁放置好，然後再細心觀察冰洞。

桌子上的紙張，不是奇怪的曲線，便是莫名其妙的符號，我翻了一翻，完全**看不懂**，便放棄了研究。接着我又打開了一個盒子，發現盒中全是一塊塊綠色的東西，聞了一聞，有股濃烈的海藻味道。

這可能是他們的食物，我心裏這麼想。但我能不能吃呢？我拿起了一塊，它出乎意料之外地沉重，使人覺得那是經過濃縮提煉的。

我已將那塊東西放到嘴邊了，可是突然又想起他們的臉容，使我猶豫起來，心中不禁擔心：我吃了他們的食物之後，會不會變得和他們一樣呢？

我連忙放下了那塊東西，然後把其餘的盒子都打開，發現裏面全是一模一樣的綠色方塊。我肚子雖餓，但還是不敢冒險去嘗。

走到那具大電腦前面，我無聊地扭扭按按面前的一些按鈕，看看電腦會有什麼反應。

突然之間，我似乎觸動了什麼操作，面前浮現出立體的畫面，同時響起了驚天動地的

。

我在那立體的畫面裏看到了火。那還不是普通的火，而是亮灼灼的、翻騰的，發出如此巨大聲響的烈火！

我本能地向後退去，深怕那種烈火會燒到我的身上來，將我瞬間燒成灰燼。

然而，在我退出了兩步之後，我感覺到冰洞依然很冷，於是再仔細地看清楚，才發現自己剛才太慌亂了，那些烈火根本不會燒到我身上來，它們只停留在固定的範圍內，因為那只是電腦顯示出來的畫面，是他們先進的全息顯示器。

我向前走了幾步，又動了一動剛才的那個按鈕，聲音聽不見了，但畫面上那烈火還在翻騰着。

我不知道如此驚心動魄的畫面，是從什麼地方拍攝得

來的，情形有點像透過耐高熱的透明**玻璃**，去觀察一具煉鋼爐的內部一樣。

在翻騰的烈焰中，不時爆發出白亮的光芒，那種光芒真的比**閃電**還亮！

我在注視了三分鐘之後，又按下了另一個按鈕，畫面就迅即消失了。但**後遺症**是，我眼前變成一片綠色，

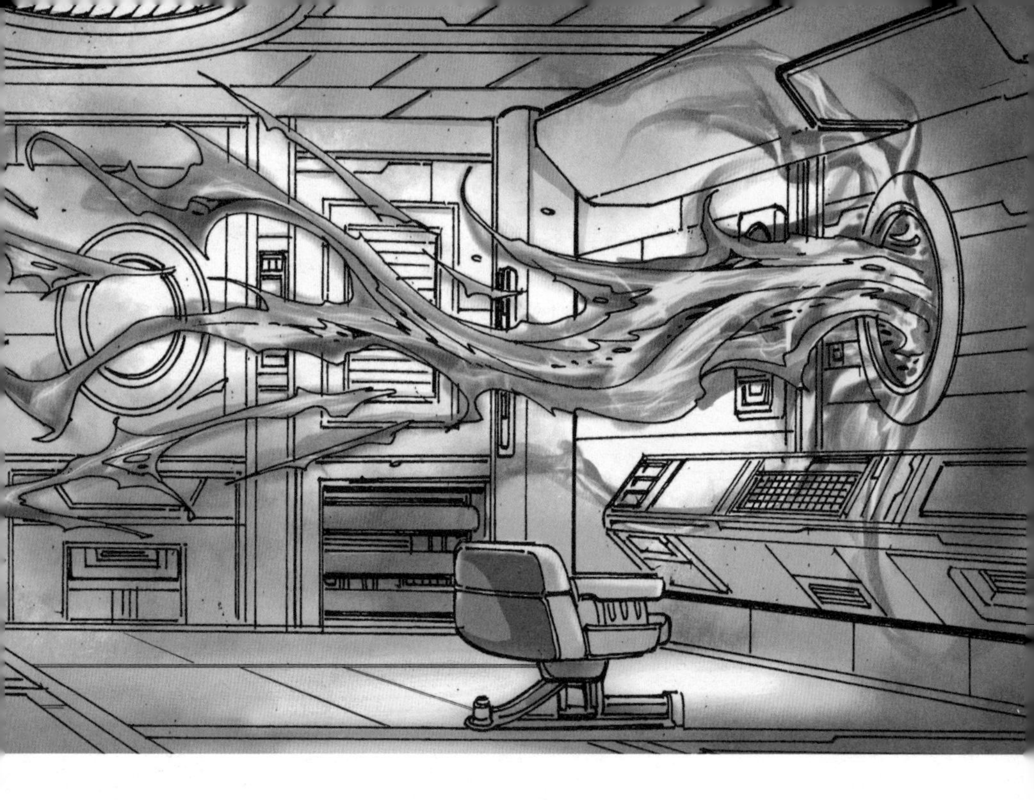

要過了好一會，才慢慢適應，回復過來，可以看清周圍的一切。

　　這時我才能夠鬆一口氣，我實在不明白剛才看到的畫面是什麼，更不明白那具電腦是怎麼獲得**電力**來操作的。

　　不過有一點我是幾乎可以肯定的，那就是，這個冰洞中的一切，和傑弗生教授那個空中平台，一定有着密切的關係。不然的話，那些長得和外星人一模一樣的機械人，為什麼會在空中平台出現？而且全都聽從傑弗生的指揮？我甚至有理由懷疑，傑弗生教授已經被這些外星人收買，做了地球的**叛徒**，正在密謀征服地球！

我必須盡快回到地面，制止他的陰謀！

我在冰洞中找了找，找到了一把**鉗子**，可以用來敲落凝結在繩索上的冰。我於是走出了冰洞，用鉗子將繩索上的冰敲去，使我的手可以抓緊繩索，然後一點點地敲着冰，一步步地向上攀。

第八章

幾經辛苦，我終於攀上了那道冰縫，陽光經冰原反射過來，使我**雙眼**刺痛。我閉上眼睛，抓了兩把雪，塞進口中，那種冰冷的刺激，使我頭腦略為清醒了一些，然後我站起身來，向前走着。

不知走了多久，我的神志開始模糊，眼前產生了種種幻覺，我看到前面的冰原上，有

許多綠色的怪物在跳舞和歌唱，唱着我完全聽不懂的怪調子，「軋軋軋，軋軋軋」，吵耳之極。

接着，綠色的怪物不見了，但另一龐然大物卻從天而降。

那怪物有着魚兒般的身體，但背部長着巨大而奇怪的翼，正在快速旋轉着，並生出極強烈的風來。

我漸漸看清楚了，那不是什麼怪物，而是一架

！

同時，我發現自己正睡在冰上，而不是站着，心中正感到奇怪，我是什麼時候跌倒在地上的呢？

這時候，直升機已經降落，從機上走下來的，並不是什麼綠色的怪物，而是和我一樣的地球人。

他們一共有兩個人，迅速奔跑到我的身邊，驚訝地叫道：「**是人！真的是人！**」

接着，又有一個人跑了過來，喝道：「快將他抬上直升機去！」

我的身子很快就被他們抬了起來，抬着我雙腳的那個

人說：「他已經死了麼？」

另一個人則回答道：「好像沒有死，你看，他的眼睛在四處張望！」

我的眼睛的確在張望着，我在回想，自己是什麼時候昏倒在冰原上的？但我記不起來了，只知道剛才直升機的聲音，使我從昏迷中醒過來。

我想開口說話，但臉上的肌肉像化石一樣僵硬，我無法叫出聲音來。

被抬上直升機後，我感到有人將暖水緩緩地灌進我的嘴裏，使我漸漸地回復生氣，我的嘴唇開始在抖動，但我仍發不出聲音來。

接着我又感覺到一張十分溫暖的電毛氈，裹住了我的身子。約莫過了五分鐘，我終於能出聲了，先發出一聲呻吟來，引起了他們的注意。

直升機的機艙並不大，約莫有四五個人，其中一個十分莊嚴的中年人向我伸出手來，**自我介紹**：「史谷脫。」

我勉力和他握手，沙啞地說：「我知道你，你是史谷脫隊長，是不是？」

張堅所屬的探險隊，隊長叫史谷脫，我是知道的。我亦自我介紹：「**衛斯理**。」

他一聽了我的名字，面上神情如見了鬼一樣，忙道：「朋友，你一定是在昏迷之前看過新聞了？」

「這話是什麼意思？」我一臉茫然。

他説：「你要知道，你在昏迷前一刻看過的東西，會深刻地留在你的腦中，使你產生一種幻覺，幻想自己是衛斯理。」

我感到啼笑皆非，「你認為我在幻想自己是衛斯理？」

史谷脱嘆了一口氣：「我們的副隊長張堅，邀請衛斯理一同來南極，但是他們的飛機失事了，機件全變成了磁性極強的磁鐵，跌到冰原上，已成了碎片。他們兩個人，更是連屍首也不見。」

我連忙道：「當然見不到屍首，因為我沒有死，我在這裏，我就是衛斯理。」

史谷脱顯然還是不相信，搖了搖頭，

手下：「先將他送回基地去再說。」

我閉上了眼睛，他既然不信，我也樂得先休息一下再說，此刻我實在太疲倦zzz了。

我小睡了片刻，醒來時，直升機剛好降落，已到了他們南極探險隊的基地。

我指着那個在冰中間鑿出來的湖，問：「史谷脱隊長，這個冰中的湖，就是張堅看到有冰山冒起，而冰山中又凝結着一艘潛艇的那一個湖麼？」

史谷脱隊長一聽到我的話，身子**猛地一震**，「你……你是怎麼知道的？」

我嘆氣道：「我説過了，我是衛斯理。」

史谷脱厲聲質疑：「如果你是衛斯理，那麼和你同機的張堅呢？」

我抬頭望向天，「**他或許仍在天上。**」

史谷脱當然不會明白我這樣説是什麼意思，他瞪大眼睛望着我，又問：「好，如果你是衛斯理，那請問，你是怎樣從**粉碎**的飛機中爬出來，還爬行到七百里外那麼遠？」

我苦笑道：「我不是和飛機一起跌下來的，我是從一個泡，啊不對，後來是在一張網上，跳下海去的！」

史谷脱隊長和幾個探險隊員，都不約而同地搖着頭，「天啊，看他在胡言亂語些什麼？」

我苦笑了一下，立時閉上嘴，不再多言。難道我繼續告訴他們，我和張堅的飛機是被一種奇異力量吸到一個空中平台去？他們不但不會信，甚至會把我當作瘋子。

現在我唯一能夠證明的，是我的身分，所以我直接把我的證件交給史谷脱，「這是我的證件，你可以驗證一下。」

他一看我的證件，愣了一愣，好像不太相信自己的眼睛。

接着我就被人抬出了直升機，送進一個帳幕去。等了不久，有兩個看來像是醫生的人，來為我檢查，然後其中一個說：「可以給他食物。」

太好了，我極需要食物，他們拿了一些食物給我，我幾乎沒看清那是什麼，就**狼吞虎嚥**起來，直到我再吃不下為止。

他們只留下我一個人在**帳幕**中，但史谷脫很快就進來找我，他面上神情十分嚴肅，一進來便說：「我們驗證過了，你的確是衛斯理。」

我鬆了一口氣，「謝天謝地，你總算相信了。」

史谷脫把證件還給我，但神色變得更**嚴肅**，他說：「這一來，事情就更嚴重了。」

「為什麼？」我很愕然。

史谷脫反問：「這要問你，為什麼你能平安無事，**而張堅卻失蹤了？**」

一聽他這樣問，我就明白他的意思，立時激動地道：「怎麼了？你以為我**謀殺**了他嗎？」

史谷脱竟然點了一下頭，「正是，我們已經通知有關方面了，你必須在這裏受看管。」

我吸了一口冰冷的空氣，一句話也説不出來。張堅這時一定還好端端地在空中平台上，而我卻被人懷疑是謀殺他的**兇手**！

史谷脱説完那番話便退了出去，我跟出了一步，便看到一個探險隊員在帳篷外，拿着一支獵槍指着我，那是強力的**雙筒獵槍**，子彈可以射穿厚厚的海象皮。我只好退回帳篷裏去。

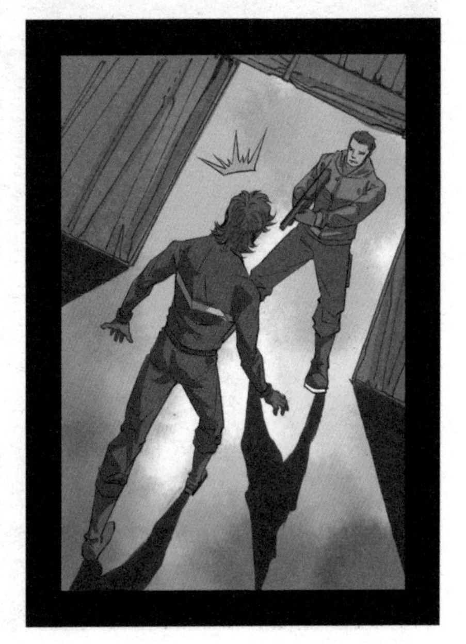

當然，以我的身手，如果要溜走的話，也非不可能。但問題就在於：我溜走

了之後，又怎麼樣呢？仍然在冰原上**流浪**，等其他的探險隊來救我？別的探險隊會不會也把我當成兇手呢？

我躺在帳篷裏，合上眼睛，心中在盤算着該怎麼做。我一點主意也沒有，慢慢地就進入了**夢鄉**zzz，然後不知過了多久，突然有人用硬物敲我的身體，把我弄醒。

我睜開眼來，看見敲我身體的，是一支獵槍，但持槍者卻不是看守着我的那個探險隊員，而是傑弗生！

他咧着潔白的牙齒對我笑，「你好，衛先生，我首先要對你表示**欽佩**。」

我不理他，向外看去，只見那個看守我的探險隊員，正昏倒在帳篷外的雪地上，而一艘海龜般的飛船則停在不遠處。

在飛船的旁邊，還站着兩個身形矮小，戴着銅頭罩的人。我知道它們是機械人，因為它們背上並沒有那些壓縮氦氣的管子。

傑弗生對我笑了一下，「衛先生，我親自來請你，你該跟我回去了。」

第九章

我強忍着心頭的怒氣，慢慢地站了起來，「回去？你是說，要我到你的空中王國去？」

傑弗生由心而發地笑了起來，顯然十分欣賞我用「空中王國」這個名詞，這令我更加看出他的野心，他一定是跟那些外星人勾結，想征服地球！

就在他得意地笑着的時候，我的拳頭已經陷進了他的肚子，並趁着他痛苦地彎腰之際，再用手掌劈向他的後頸，將他擊暈。

我本來想將他綁起以作證據，要他向史谷脫解釋清楚飛機失事的經過，還有空中平台、機械人、外星人等等的事。

可是我還來不及拿繩子，那兩個機械人就已經用超乎常人的速度，向我衝了過來。其中一個「砰」地一聲撞到我的身上，力道之大，把我整個人撞飛到帳幕的支柱上，「嘩啦」一聲，帳幕就往我身上壓下來。

我費了不少時間，才能夠從厚重的帳幕下掙脫出來。

當我鑽出帳幕的時候，發現傑弗生、飛船、機械人全都不見了，只有那個看守我的**探險隊員**，仍然昏倒在地上。

此時其他的帳幕紛紛傳來了人聲，顯然是沉睡中的探險隊員都被我驚醒了。

我呆了一呆，立即想到自己的處境很不妙！

他們會相信傑弗生和兩個機械人剛來過這裏，和我發生過打鬥麼？任何人看到眼前的情形，只會得到一個結論：**衛斯理為了逃走，擊暈了守衛！**

我如果再不趁機逃走，恐怕所有罪名都會加在我的身上，包括謀殺張堅。到時等着我的，就只有**電椅**！

所以我飛奔出去，看到有人過來，便立即閃身隱到了另一個帳篷的旁邊，使他們看不見我。

我輕輕揭開那個帳篷看進去，發現裏面沒有人，全是一個個**木箱**。我看到那些箱子上所漆的字，得知它們都是儲存着食物的，不禁暗自竊喜。

而當中有四個箱子，已經被放置在雪橇上，我只要找幾頭拉雪橇的狗，便可以帶着**糧食**遠去了。

我側耳細聽，除了聽到雜沓的人聲外，也聽到狗隊中發生了輕微的騷動，在我的左邊傳來了斷斷續續的狗吠聲，而我原來的營帳，恰好在右邊。

我大着膽子，將那**雪橇**推了出來，向着狗吠聲的方向飛奔過去，一直來到了一個木欄圍出來的圈子前，才停

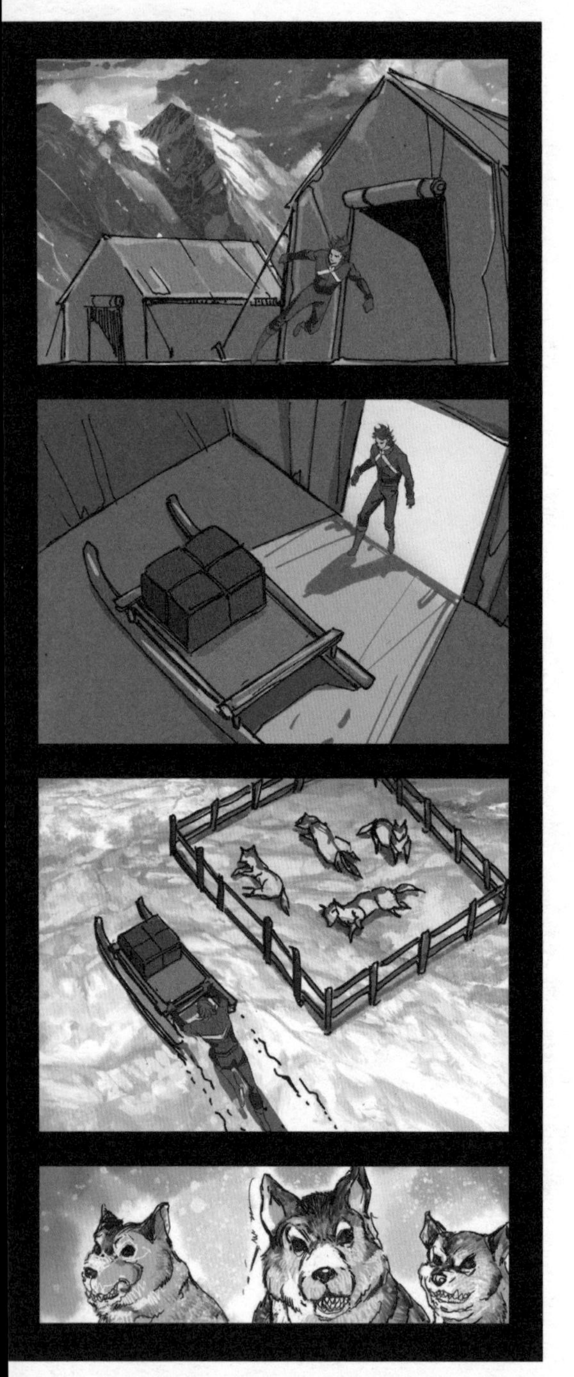

下來。

在那圈子內，有着三十幾頭大狗，那是人在南極的好朋友。

但狗的警覺性比人類靈敏得多，牠們一見我接近，便突然狂吠了起來。

我呆了一呆，心中正在盤算着，該用什麼方法，使這群狗鎮定下來，而就在這時，怪事發生了！

突然間，所有的狗都不叫了，全伏了下來，喉間發出嗚嗚的聲音，一雙雙眼睛都流露着無比驚恐的神色。

我心中立時也起了一陣莫名的恐慌：究竟發生什麼事呢？難道有什麼猛獸正在撲過來？我連忙回頭看去，只見身後**空盪盪**的，連一個人影也沒有。

這時我忽然想起，動物對於一些巨大的災禍，反應異常靈敏，連老鼠和螞蟻都可以預知**天災**，那麼，如今這群狗的異常反應，是不是說明將有什麼巨大的災禍會降臨呢？

就在那片刻間，事情真的發生了。

首先是一陣劇烈的震盪，使我整個人猛地向上**彈**了起來，狗群隨即發出淒厲的叫聲。而我看到營地上所有的東西，包括人、物品、帳篷等等，全都像墨西哥**跳豆**一樣，不斷地迸跳着，呈現出十分古怪的現象。

大約在三分鐘後，一下震耳欲聾的爆裂聲，在我左邊傳了過來。

緊接着，在四十米外，一條**海水柱**以雷霆萬鈞之勢湧出！

海水柱剛出現的時候，是晶瑩的藍色，但隨即就變成了碧綠色，接着又是一聲巨響，海水柱便爆了開來，化成一場**大雨**！

這時冰層的震盪已經停止了，而急驟地灑在我身上的雨點竟然是**熱**的！

前後不到五分鐘，冰原的表面被那些灼熱的雨點打出了無數個**小洞**。

而在冰層裂開的地方，有大蓬**綠色的濃煙**冒起來，那種畫面簡直令人感到世界末日已經來臨了，地球將會被毀滅！

狗群又伏在地上，一聲不響，我所看到的人，不是呆呆地站着，便是倒在地上，雙手緊緊地抱着頭。

大家都被眼前的景象嚇呆了，連我在內，雙足也是牢牢地釘在冰上，一動也不能動。

那些綠色的濃煙在**轉變着顏色**，先是濃綠色，然後變成黑色，後來又變成灰色、白色、橙黃色、橘紅色……每一次顏色變換的時間都愈來愈短，終於，我明白發生什麼事了！

那一定是**海嘯**，突如其來的海嘯！

在冰層裂開的地方，海水湧了上來，那些海水熱得冒着氣，等到濃煙轉為橙紅色的時候，海水正沸騰，使冰層迅速融化，我看到兩個帳幕因為冰層的融化而跌進沸騰的海水中！

就在這時，我聽到急促的哨子聲，四架直升機的機翼「軋軋」地轉動起來，那些本來如石像呆着不動的人，都紛紛逃命，向直升機上奔去！

我離他們的直升機有點遠，只好另外想辦法逃生，我打開了狗欄的門，讓牠們自由逃生，但同時極力抓住了其中六頭狗，扣在雪橇上。

我揮動長鞭，狗兒便拉着雪橇飛奔而去。

大概飛馳了兩公里左右，背後傳來了「轟」的一聲巨響。我回頭看去，只見一股灼亮的火柱，在沸騰的海水中升起。那股火柱發出的聲響，使我的耳朵聽不到其他

任何聲音。

狗兒停了下來，任我揮動長鞭，也不肯再向前奔出一步。我沒有辦法，只好也跟着**停了下來**，幸而我已經逃離「災場」相當遠了，應該不會受波及。

我抬頭看去，看到探險隊的四架直升機，已迅速地飛走，而探險隊原本的營地，這時已不復存在了。只見火柱周圍的冰層皆已融化，成了沸騰的海水，那一個大圓圈的**直徑**，至少有一公里。

我離得雖遠，也可以感到那股火柱的熱力。

從海面升起那樣的火柱，真是人生**難得一見**的奇景，而我卻是第二次看到了。第一次是和張堅一起駕駛飛機前往營地的時候，我們看到了海中冒起火柱的奇景後，**飛機**就被強勁的磁力吸到傑弗生教授的空中平台去。

我又揮起**長鞭**，狗兒總算又肯奔走了，雖然走得愈來愈慢，但沒有關係，因為背後的轟隆聲已經停止了，我回頭看去，火柱也不見了，不過仍有濃煙在冒出來。而那冰層融化之處，海水已不再沸騰，碧藍的海水和冰面齊平，看來好像是一整塊**白玉**當中，鑲上了一塊藍寶石，倒是十分美麗。

而就在這個時候，我聽到一陣「嗚嗚」的聲響從上空傳來，抬頭看去，看到了三隻海龜形的飛船，在我的頭頂上空**盤旋**。

它們盤旋了幾圈後，便降落下來，停在我的周圍。

在我左面的那艘飛船率先打開了門，一道金屬管子伸了出來，然後從管子末端走出來一個人。

那是張堅！

第十章

張堅一見了我，便張開雙臂向我跑來，興奮地叫着：「這是意外，是一場意外！」

我還未弄明白這句話是什麼意思，張堅已跑來了我的身邊，一把拉住我就走，「來，我慢慢再向你**解釋**這件事。」

我被他拖出了幾步，才有機會問：「你要向我解釋什麼？」

「就是剛才的那場意外。」他說。

他所指的，大概是剛才冰層**碎裂**，海水上湧，濃煙冒起，火柱突然噴發的這件事。

不過，此事和張堅有什麼關係，要他來向我解釋呢？他説那是一場「意外」，這又是什麼意思？我心中正疑惑着之際，人已經被他拉到了**飛船**伸出來的那根管子末端去。

我一看到屬於傑弗生的飛船，便心生厭惡，「張堅，你幹什麼？」

他說：「我帶你去應該去的地方。」

我勃然大怒，「張堅，你屈服了？還是他們用什麼機器改變了你的思想？」

張堅猛地向我一推，我的身子一靠近那管子的末端，馬上就被一股極大的吸力吸進管子去。整個過程快速到極，當我明白過來時，我的身子已經進入了飛船，舒服地坐在一張椅子上，張堅亦隨即出現在我的旁邊，而駕駛位置上，則坐着兩個矮小的機械人。

「我要走！」我站起身來，想離開，但覺飛船猛地向上升，顯然已經起飛了。

我不禁怒道：「張堅，是不是傑弗生給了你什麼好處？」

張堅還沒回答，飛船內已響起了傑弗生的聲音：「我沒有給他什麼好處。」

我看看船艙之中，除了那兩個機械人之外，只有我和張堅兩個人，傑弗生的聲音顯然是**傳送**過來的，而我很快就在一個全息顯示器看到他的立體影像。

我立即怒罵：「你又活過來了麼？我那一拳應該將你的內臟打出來！」

我認定了傑弗生是個奸詐、卑鄙和充滿野心的人，他顯然是勾結了那些綠色外星人，為他們服務，危害地球，所以我十分憎恨他。

接着我又鄙視道：「你那**綠色的主人**呢？有着章魚觸鬚的那些醜惡東西！」

傑弗生的臉色十分難

看，他以純正的英語罵道：「你究竟在説些什麼？」

張堅亦疑惑地插了一句口：「什麼綠色的主人？」

我對他說：「如果你還是我的朋友，快把飛船開到我要去的地方。」

張堅苦笑了一下，「我怎麼能？操縱飛船的是機械人，而它們是受傑弗生指揮的。」

我冷冷地一笑，「原來你的地位比機械人更不如？」

張堅漲紅了臉，也忍不住發火了，「衛斯理，我第一次發現你是一個蠻不講理的人！」

這時飛船已經穿進了雲中，沒多久就停了下來，透過天幕顯示屏能看到外面那幢六角形的奇異建築物。

沒想到，我跳下南冰洋，在冰原中飄盪了幾天，死去活來後，一切全都白費了，到頭來還是回到了這個空中平台上。

我深深地嘆了一口氣，雙手抱住了頭，閉上眼睛，努力地思考着該怎麼做。

但張堅把我拉起來，催促道：「快下飛船吧。」

我冷冷地回應：「我下不下飛船，又有什麼分別？」

張堅敲了一下我的額頭，「你這頭頑固的駱駝，難道仍看不出，傑弗生教授所從事的，是一件值得你參與的偉大事業麼？」

我望着張堅，不禁嘆了一口氣，「張堅，不明白的是你，而不是我。你可知道這裏的一切**設備**，是從哪裏來的嗎？」

張堅搖了搖頭，「我不知道。」

「你難道沒問過傑弗生？」

「我問過他，**他說他也不知道**。」

我冷笑了一聲，「於是你便相信他了？」

張堅理直氣壯地大聲說：「我沒有理由不信他，因為他是一個十分正直的人，他在從事挽救地球的偉大事業！」

我實在忍不住哈哈大笑了起來，張堅無可奈何地望着我，問：「你究竟下不下飛船？」

「我怕什麼？」我站了起來，飛船的艙門打開，金屬管子自動伸出，把我快速傳送了出去。

我們一下飛船，已看到傑弗生教授、藤清泉博士和羅勃強脫站在我們面前。

傑弗生的臉色仍然十分難看，羅勃則是一副精力旺盛的樣子。

藤清泉踏前一步，溫文地說：「歡迎，勇敢的年輕人。」

看到藤清泉博士，我立即心頭一動，趨向前去，用日

語說：「博士，我可以和你私下談幾句嗎？」

藤清泉看看四周，說：「如果有人想要**偷聽**的話，只要利用聲波微盪儀，即使在十公里以外，我們的耳語也可以被聽到。不過，我相信這裏的人都是**正人君子**，沒有人會偷聽我們私下交談的。」

我也管不了那麼多，連忙拉着他走開了三四步，低聲說：「博士，你可知道傑弗生在替什麼人服務？」

藤清泉滿是**皺紋**的臉上，現出了訝異的神色，「他替什麼人服務？這是什麼意思？」

我從口袋中取出那張捲成棒狀的相片來。這張相片是我跌落冰縫，在那個冰洞中，兩個已死的綠色怪人其中一個身上找到的。

我將照片攤展開來，便浮現出**立體的影像**，乍看碧綠一片。

藤清泉看到了，臉上頓時浮起了疑惑的神色，驚問：「這是什麼？」

我指着照片上那一大兩小的綠色怪物說：「你看清楚了沒有，這是三個不知來自哪一個星球的怪物，他們便是傑弗生的主人，傑弗生是為他們服務的，目的自然是毀滅地球！」

藤清泉的臉色漸漸變得凝重，但沉着地說：「年輕人，這是一項十分嚴重的指控，你有足夠的證據麼？」

我忙道：「你也看到這張立體照片的科技，而且，照片裏的人和物，都絕不是地球上會有的東西，就像這個空中平台一樣。藤博士，你在這裏工作了那麼久，難道不覺得這裏的一切，都絕不是地球人所能製造的麼？」

藤清泉慢慢地點了點頭，低聲道：「不錯，我曾經幾次問過傑弗生，他說這座空中平台的一切，都是

他偶然發現的。」

「偶然發現?」我幾乎忍不住大笑起來,「他怎麼會編造出這樣笨拙的一個謊言來?」

藤清泉說:「他的故事還不止於此,我也不知道該從何說起,不如讓他直接講清楚吧!」

藤清泉一面說,一面已向傑弗生走過去。

我心中很高興,因為我本來是孤立的,但如今藤清泉這個以正直和倔強著稱的老人,已經站在我的一邊,傑弗生的真面目將無所遁形!

藤清泉來到了傑弗生的面前,傑弗生先開口問:「藤博士,他好像給你看了什麼?」

藤清泉開門見山說:「一張很特別的相片,影像是立體的,但相中人卻不是地球人,而是別的星球上的人。」

傑弗生聽完後，突然「啊」地一聲，像恍然大悟的樣子，「是麼？那麼我多年來的疑團，也可以得到解答了！」

藤清泉點頭道：「不錯，我多年來的疑團，也可以得到解答了。但教授，你究竟對我們隱瞞了些什麼？你在替外星人服務，是不是？」（待續）

案件調查輔助檔案

怪誕不經

我點頭道：「當然相信，再**怪誕不經**的事我都能相信。」

意思：形容怪異、不合常理的事。

琥珀

那是一艘潛艇，被約莫三米厚的冰封在裏面，我正感到奇怪，為什麼潛艇會結在冰裏，像小蟲在**琥珀**中一樣？

意思：古代松柏等樹脂的化石，顏色通常為淡黃、褐色，狀態半透明，可看見裏面包裹着的昆蟲。

摩斯電碼

張堅喘了幾口氣，再說下去：「我立即回到帳幕中，取了一把強力電筒，也打着**摩斯電碼**問：『你們是什麼人？』得到的回答是：『快設法破冰，解救我。』

意思：由美國發明家摩斯所發明的信號代碼，由斷斷續續的聲音或閃光組成，可轉換成英文字母，從而得知代碼的意思。

無可厚非

因為我很同情他，可憐的張堅，在冰天雪地的南極工作得實在太久了，產生幻覺也**無可厚非**。

意思：指事情合理，沒有什麼地方可作批評。

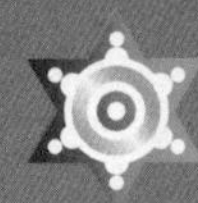

一頭霧水

我聽得**一頭霧水**，「準備什麼？你想我帶你去哪裏玩？」

意思：比喻思緒不清，無法明白。

翱翔

晴空萬里，鐵翼**翱翔**，頓時使人心情開朗，我也打消了惡作劇的念頭。

意思：「翱」，粵音「遨」，「翱翔」指在空中自由自在地高飛。

雷達

那天的天氣很好，能見度也十分廣，可是突然之間，我看到**雷達**指示器上的指針在劇烈擺動，那通常表示前面的氣候有着極大的變化，例如有龍捲風正在移近之類。

意思：一種用於偵測目標物的無線器械，通過電波反射，可測量與目標物之間的距離，被廣泛應用在氣象、航空等方面。

面面相覷

我和張堅驚訝得不知所措，**面面相覷**，卻一句話也講不出來。

意思：互相對視，不知如何是好，形容驚訝或詫異的樣子。

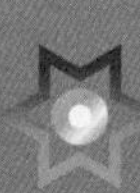
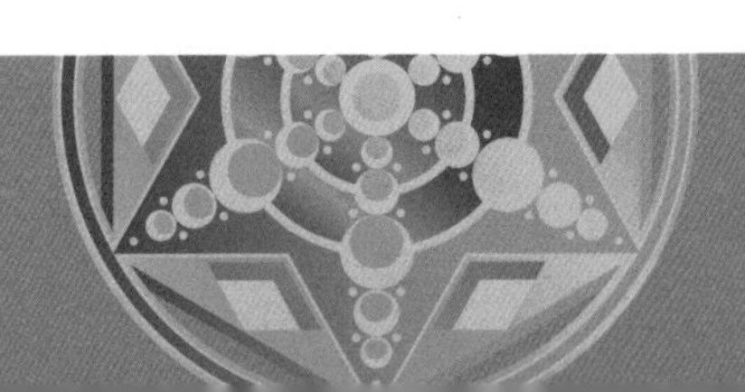

磁力

那人又笑了一下，「你們的飛機經過極強的**磁力**吸引後，所有機件都變成了強力磁鐵。」

意思：異性磁極相互吸引與同性磁極相互排斥的作用力。

無線電波

那人説：「沒有什麼，那只不過是一種頻率極高的**無線電波**在空氣中所產生的正常反應而已。」

意思：電磁波的一種，波長不一，可按頻率分為不同的波段，廣泛應用於通訊、廣播、雷達等方面。

開門見山

我們都坐下來後，我立即**開門見山**問：「傑弗生先生，我們還有機會回到地面去麼？」

意思：比喻説話時直接表達意思，一開始就進入正題。

戰戰兢兢

我**戰戰兢兢**地俯身撿起銅頭罩，發現內裏全是電子零件，而且線路極之複雜和精細。

意思：因緊張畏懼而顫抖，形容謹慎、小心的樣子。

一籌莫展

我們**一籌莫展**，過了四個小時，才又聽到傑弗生的聲音：「張博士，或許我的話不能令你信服，但是你的一位老朋友來了，他的話，我相信你一定肯聽。」

意思：一點計策也施展不出來，比喻毫無辦法。

地心

這道冰縫，看來像是直通**地心**一樣的深。

意思：指地球的中心點。

狼吞虎嚥

太好了，我極需要食物，他們拿了一些食物給我，我幾乎沒看清那是什麼，就**狼吞虎嚥**起來，直到我再吃不下為止。

意思：形容吃東西時又快又急的模樣。

無所遁形

我心中很高興，因為我本來是孤立的，但如今藤清泉這個以正直和倔強著稱的老人，已經站在我的一邊，傑弗生的真面目將**無所遁形**！

意思：指沒有辦法隱藏形迹。

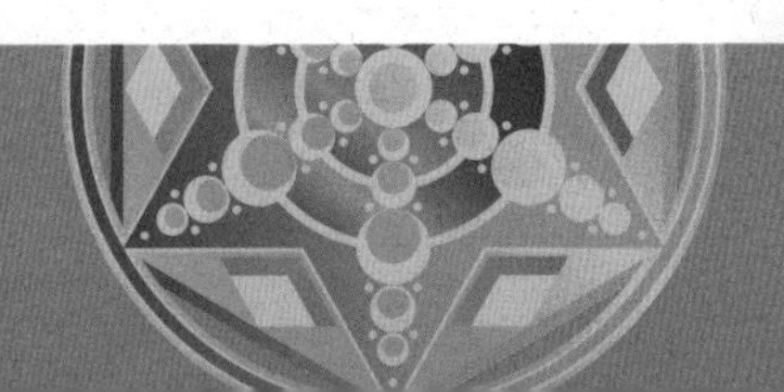

衛斯理系列少年版32

地心洪爐（上）

作　　者：衛斯理（倪匡）
文字整理：耿啟文
繪　　畫：鄺志德
助理出版經理：林沛暘
責任編輯：陳志倩、劉紀均
封面及美術設計：黃信宇
出　　版：明窗出版社
發　　行：明報出版社有限公司
香港柴灣嘉業街 18 號
明報工業中心 A 座 15 樓
電　　話：2595 3215
傳　　真：2898 2646
網　　址：http://books.mingpao.com/
電子郵箱：mpp@mingpao.com
版　　次：二〇二三年十一月初版
I S B N：978-988-8828-95-1
承　　印：美雅印刷製本有限公司